Histoires à lire tout seul

Textes de
Magdalena

Illustrations
d'**Emmanuel Ristord**

CASTOR POCHE

Éditions Flammarion – 82, rue Saint-Lazare – CS 10124 – 75009 Paris
ISBN : 9782080296849

Comptine

En avant le CP !

Maintenant que nous sommes grands
Le CP nous attend !
La journée est bien occupée,
Impossible de s'ennuyer.
Lire, écrire, compter
Sont nos activités.
Après avoir bien travaillé,
La récré, c'est pour s'amuser.
Vive le CP !

NIVEAU 1

Je commence à lire

Le nouveau

Aujourd'hui, il y a un nouveau
dans la classe des CP.
Maîtresse Julie dit :
« Je vous présente Bob.
– Bonjour, Bob ! disent les enfants.
– Bonjour ! »
dit Bob avec un drôle d'accent.

Maîtresse Julie montre
une carte du monde.
Elle dit :
« Bob arrive du Canada.
Il parle français et anglais. »

LE MONDE

Bob raconte :
« Mon papa est canadien-anglais,
ma maman est française.
Moi, je suis franco-canadien. »

Les CP trouvent ça
un peu compliqué !

« On va te trouver une place
dans la classe, dit Maîtresse Julie.
– À côté de moi ! dit Léa.
– Non, de moi ! » dit Ana.

Toutes les filles veulent être
à côté de Bob. Basil est jaloux.
Il dit à Samir :
« Regarde, les filles font les belles. »
Samir répond :
« C'est ridicule. »

« Bob, va t'asseoir à côté de Basil,
dit Maîtresse Julie.
— *Hello* Basil, dit Bob, tout content.
— Tu as un drôle d'accent, dit Basil.
— Normal, je suis canadien », répond Bob.

À la récréation, Lou, Léa, Mia,
Fatou et Ana entourent le nouveau.
Bob est intimidé.
Heureusement, Basil vient le chercher
pour jouer.

« Hé, Bob ! Tu sais jouer aux gendarmes
et aux voleurs ? » demande Basil.

Bob répond :
« Chez moi, au Canada,
je joue aussi à ce jeu.
Je veux être policier. »

Tous les enfants veulent
jouer avec Bob.

De retour en classe,
Bob a plein de nouveaux copains
et copines.
Ils disent tous : « *Yes !* »

Les filles ont une idée.
Elles se regardent.
Fatou donne un coup de coude
à Selma :
« Allez, demande ! »

Selma dit :
« Maîtresse, on veut apprendre
à parler anglais, comme Bob. »

Maîtresse Julie répond :
« Oui, c'est une très bonne idée.
— Super ! disent les élèves.
— *YES*, super ! » dit Bob.

FERME
Pédagogique

Journée à la ferme

« Aujourd'hui, on va à la ferme,
dit Maîtresse Julie.
– On va voir des animaux, dit Alice.
– Des petits et des gros ! » dit Selma.

Le bus arrive devant la ferme.
« Attention, il y a des oies ! »
dit Maîtresse Julie.

Les oies avancent. Les élèves reculent.
Maîtresse Julie crie.
Le fermier chasse les oies.

La visite commence.
« Voici les cochons, dit le fermier.
– Ça ne sent pas bon ! » dit Mia.

« Voici les lapins, dit Maîtresse Julie.
– Ils mangent quoi ?
demande Tim.
– Mon doigt ! »
crie Basil.

« Voici les poules, dit Maîtresse Julie.
– Où est le poussin ? demande le fermier.
– Caché dans ma main », répond Ana.

« Voici les vaches, dit Maîtresse Julie.
– Elles donnent du lait, dit le fermier.
– Berk, moi je n'aime pas ça », dit Réda.

« Voici les chèvres et les moutons, dit Maîtresse Julie.
– Tondons, tondaine, chante le fermier.
Et avec, on fait quoi ?
– De la LAINE ! » répond la classe.

« Attention à la mare aux canards ! » dit Maîtresse Julie.

Trop tard, Téo a déjà les pieds dans l'eau.

« Ce chien me suit partout, dit Mia.
– C'est mon chien, dit le fermier.
– Il a vu ton goûter », dit Bob.

« On a oublié quelqu'un », dit le fermier.
Il crie « hi-han »,
et l'âne arrive en courant
pour saluer les enfants.

La visite est terminée.
Dans le champ, les élèves font une photo avec l'épouvantail.

« Quand je serai grand,
je serai fermier, dit Tim.
– Et moi, je serai épouvantail ! »
dit Basil.

Jaloux !

Aujourd'hui, rien ne va !
Le coiffeur a coupé les cheveux de Noé.
Mais maintenant, Noé veut
des cheveux longs comme ses sœurs.

En partant pour l'école,
Noé n'aime plus son cartable.
Il veut un sac à dos comme ses sœurs !

Devant le portail de l'école,
Noé fait la tête.
Il est sûr que Papa préfère Ana
et que Maman préfère Léa.
Il est jaloux !

En classe, Noé copie une poésie.
Mais Léa écrit mieux que lui.
Et Ana dessine mieux que lui.
Noé est jaloux !

Ana lit la poésie.
Noé est jaloux.
Il demande :
« Et moi ?
– Après, si tu veux »,
répond Maîtresse Julie.

Tu es jaloux ?
Non, pas du tout !
Tu es jaloux de nous !
Moi ? Mais pas du tout !
Oh ça m'étonne !
Et toi ?

À la récréation, Bob joue au loup avec Léa et Ana.

« Pourquoi tu ne joues pas avec moi ? dit Noé à Bob.

– Joue avec nous ! » répond Léa.

À la cantine, Noé trouve sa part de tarte plus petite que celle de ses sœurs.
Noé dit à Tim :
« La dame de cantine préfère les filles ! »

L'après-midi, Noé n'arrive pas à compter.
« Je t'aide ? demande Ana.
– Je t'aide aussi, j'ai fini ! propose Léa.
– Non, je sais faire ! »
Noé est fâché de finir en dernier.

À la récréation, Mia dit :
« Noé est jaloux de vous.
– Jaloux de nous ? s'étonne Léa.
– C'est vrai, il n'est pas
comme d'habitude, dit Ana.
– On va aller le voir ! »
s'écrient les deux sœurs.

Ana et Léa demandent à Noé :
« Tu joues avec nous ? »
Noé boude. Il répond :
« Non, pas aujourd'hui ! »

Léa et Ana tournent autour du banc.
« Tant pis pour toi !
– On s'amuse quand même ! »

Les deux sœurs courent
en se tenant par la main.
Et elles tombent.

Noé n'aime pas voir ses sœurs pleurer.
Noé n'a plus envie de bouder,
il va vite les consoler.

Léa et Ana lui font des bisous.
« Tu es notre chouchou ! »

Noé est fier d'être le frère de ses sœurs.
C'est fini pour aujourd'hui,
il n'est plus jaloux du tout !

24
20
19
7
23
iste Léo

Noël à l'école

C'est le mois de décembre.
Dans les maisons,
les enfants préparent Noël.

Ce matin, Basil arrive à l'école
tout content.
Il dit à Bob :
« Hier, on a fait le sapin chez Maman.
Chez Papa, ce sera mercredi !
– À la maison, on a décoré
les fenêtres ! » répond Bob.

Tim ouvre la case
du calendrier de l'avent.
Il s'écrie :
« Oh ! C'est la dernière semaine
avant Noël !
– On fait un sapin ? demande Samir.
– On décore la classe ? » dit Selma.

Maîtresse Julie secoue
un petit grelot et dit :
« Tous les après-midis,
nous allons préparer Noël.
Et vendredi, goûter et surprise !
– Youpi ! crient les CP.
– J'adore son grelot ! » dit Selma.

La maîtresse donne la feuille
du chant de Noël.
Les élèves chantent avec elle.

Après, chacun dessine.
« Tu me prêtes ton feutre doré ? »
demande Fatou à Lou.

Le soir, Léa, Ana et Noé chantent
sur le chemin.
Ils ne vont pas vite,
ils regardent les vitrines !
« Oh ! dit Noé.
– C'est beau ! dit Ana.
– C'est magique ! » dit Léa.

Le mardi après-midi,
les CP dessinent
sur les vitres.
« Je fais des flocons !
dit Téo.
– Moi, un bonhomme
de neige ! dit Bob.
– Moi, des étoiles ! »
dit Alice.

Le mercredi,
Basil va au marché de Noël
avec son papa.
Ils achètent plein de décorations.
Basil dit :
« Oh, c'est trop
pour un seul sapin !
– Tu as raison ! »
répond son papa en riant.

Le jeudi matin,
les élèves font des biscuits de Noël.
Il y a autant de farine sur les tables
que sur les têtes !
« Hum, c'est bon ! » dit Tim.

Le vendredi midi, c'est le repas de Noël !
Les CP parlent du Père Noël.
« Avec mon cousin, on ne dormira pas pour le voir ! dit Tim.
– Moi, je vais lui donner des carottes pour ses rennes ! » dit Mia.

Le dessert arrive enfin.
« Qui veut de la bûche ?
demande la dame de cantine.
– J'adore ! dit Léo.
– Moi, au chocolat ! dit Lou.
– Je peux en avoir deux ? »
demande Réda.

Après la récréation, c'est la fête !
Les CP dansent et goûtent.
« C'est bon ! dit Réda.
– Oui, mais chaud ! » répond Fatou
la bouche pleine.

« Et maintenant, surprise ! »
dit Maîtresse Julie.
Elle donne à chaque élève un cadeau.
« C'est mon livre préféré ! dit Téo.
– Oh, le grelot de la maîtresse ! »
dit Selma toute contente.

À la sortie, les élèves chantent :
« Vive la nuit de Noël,
Pour tous les enfants !
Boule de neige et jour de l'an
Et bonne année nouvelle ! »

« Joyeux Noël et bonnes vacances ! »
dit Maîtresse Julie.

Comptine

La ronde des jours

La semaine commence
Quelle chance !

Lundi, youpi !
Mardi, youpi !
Mercredi, youpi !
Jeudi, youpi !
Vendredi, youpi !
Samedi, youpi !

Dimanche, la semaine est finie.
Mais lundi, c'est reparti,
Youpi !

NIVEAU 2

Je lis presque seul

Lou a deux maisons

Depuis le retour des vacances,
Lou est tout le temps triste.
Maîtresse Julie voit bien
que quelque chose ne va pas.
À la cantine, Lou ne mange plus rien.
En classe, Lou ne travaille plus
aussi bien qu'avant.
Et surtout, pendant la récréation,
elle ne joue plus avec Alice.

Maîtresse Julie demande à Alice :
« Lou et toi, vous vous êtes disputées ?
– Non, dit Alice.
– Pourtant, vous ne jouez plus ensemble ? »
Alice hausse les épaules. Elle dit :
« Lou ne veut plus jouer.
Elle est trop triste à cause
de ses parents. »

Après la cantine, Maîtresse Julie va voir Lou.
Elle lui dit :
« Je vois que tu as du chagrin.
Tu veux m'en parler ? »

Lou regarde ses chaussures et répond :
« Ma famille ne va pas bien. »
Et Lou se met à raconter :
« Pendant les vacances, Papa et Maman
se sont disputés tous les jours.
Je ne savais pas quoi faire pour les réconcilier.
Ils m'ont dit qu'ils vont se séparer. »

Lou verse une larme.
Maîtresse Julie dit à Lou :
« Tu sais, quand j'étais petite,
mes parents ont divorcé. Au début,
je pensais que c'était à cause de moi.
Et puis j'ai compris que je n'y étais pour rien.
Ils n'étaient plus amoureux, c'est tout. »
Lou ne dit rien, elle essuie ses yeux.
Maîtresse Julie lui fait un bisou.

Un mois plus tard, Lou retrouve Alice devant le portail de l'école.
Lou a un grand sourire.
« Coucou Alice ! J'ai dormi chez mon père ! Il a déménagé samedi, c'est à côté de chez toi. Et je dors encore chez lui ce week-end. »

Basil arrive en rigolant.
« Maintenant, tu as deux maisons, comme moi !
– Oui, dit Lou : chez Maman et chez Papa.
– Alors, tu vas tout avoir en double : la chambre, les cadeaux et même les vacances. C'est mieux, non ? demande Basil.
– On verra, dit Lou.
Toi, c'est pas pareil, tes parents se sont séparés quand tu étais bébé.
Moi, je dois m'habituer. »

Le samedi, Alice est invitée
dans la nouvelle maison de Lou.
« C'est cool, dit Alice.
Maintenant, on est voisines. »

Lou montre à Alice sa chambre
avec une salle de bains
pour elle toute seule.
« La chance ! » dit Alice.

Le midi, Alice mange au restaurant
avec Lou et son papa.
La bouche pleine, Lou dit à Alice :
« Papa n'aime pas trop cuisiner.
Mais ma grand-mère Paola va
lui apprendre. Elle fait souvent
des pâtes, car elle est italienne.
– Oh… j'adore les pâtes à la tomate ! »
dit Alice.

Au retour des vacances d'hiver,
la maman et le papa de Lou
ont pris rendez-vous avec Maîtresse Julie.
Maîtresse Julie les rassure.
« Ne vous inquiétez pas
pour le travail scolaire, Lou va mieux.
– Oui, je crois que nous avons trouvé
un équilibre, dit le papa.
– C'est vrai, notre Lou a de nouveau
le sourire », répond la maman.

Pendant ce temps,
Lou raconte ses vacances à Alice.
Elle montre une photo
où elle est avec deux garçons.
Elle dit :
« Lui, c'est Max, et lui, c'est Milo,
ils sont super drôles. C'est les fils
du nouvel amoureux de Maman.
– La chance… Tu vis avec eux,
maintenant ? demande Alice.
– Pas tous les jours, seulement pendant
certaines vacances », répond Lou.

Alice dit :
« Mes parents se disputent souvent.
Peut-être que moi aussi je vais avoir
deux maisons et deux nouveaux frères.
– T'es bête ! » dit Lou en riant.
Et elle ajoute :
« Bon, j'y vais, je dors chez Papa ce soir,
car je ne l'ai pas vu pendant les vacances. »

Lou et son papa sont dans la cuisine.
Ils préparent des pâtes à la bolognaise.
« Elle n'est pas si mal notre nouvelle vie ?
dit Papa à Lou.
– J'aimais mieux avant, mais j'aime bien
quand même maintenant »,
répond Lou en se serrant contre lui.

FARINE

Les anniversaires

À la sortie de l'école,
Léa, Ana et Noé sont pressés
de rentrer chez eux.
Ils partent sans attendre Basil.
« Pourquoi vous ne m'attendez pas ?
demande Basil.
– On se dépêche, on doit préparer
une surprise pour demain ! répond Noé.
– Chut ! » disent ses sœurs.

À la maison, Léa, Ana
et Noé se disputent.
Ils tournent autour de la table
de la cuisine en se lançant de la farine.
« Au chocolat ! crie Noé.
– Non, au citron ! répond Léa.
– Non, à la pomme ! » dit Ana.

Maman arrive dans la cuisine.
« Stop ! Calmez-vous, les enfants.
J'ai la solution ! Nous allons faire des gâteaux au yaourt, et ensuite chacun ajoutera ce qu'il veut pour le parfumer.
Ainsi, il n'y aura pas de jaloux. »

Le lendemain matin, Maman n'a pas besoin de réveiller Noé, Ana et Léa.
Ils sont déjà levés et habillés.
« Vite, Maman, il ne faut pas être en retard ! »

Tous les trois portent chacun un gâteau et arrivent fièrement à l'école.
Dans la cour, un attroupement se fait autour d'eux.
Tous les copains posent des questions :
« C'est quoi ?
– C'est pour qui ?
– C'est pour nous ? »

Maîtresse Julie vient à leur secours.
« Ne bousculez pas vos camarades.
Les gâteaux vont tomber,
et nous ne pourrons pas
fêter les anniversaires.
– C'est vos anniversaires ? demande Tim.
– Oui, répond Noé, on a sept ans aujourd'hui !
– Trop de chance ! s'exclame Selma.
Moi, ce sera dans un mois. »

Pendant la dictée, les élèves n'écoutent pas.
Ils se retournent pour regarder
les gâteaux qui sentent bon.
Téo demande :
« C'est quand l'heure des gâteaux ?
– En fin d'après-midi »,
répond Maîtresse Julie
en ramassant
les cahiers.

Le midi, à la cantine,
il y a des tartelettes aux pommes.
Ana, Léa et Noé n'en mangent pas.
« Vous n'aimez pas ?
demande la dame de cantine.
– Si, mais on préfère manger nos gâteaux,
répond Léa.
– On va fêter nos anniversaires en classe,
ajoute Noé.
– Moi, je veux bien les tartes
qui restent ! » dit Basil.

En fin d'après-midi,
Maîtresse Julie demande :
« Je coupe le gâteau en combien de parts ? »

Noé compte les élèves et répond :
« Quinze !
– Et moi, je n'ai pas le droit d'en manger ?
dit Maîtresse Julie, qui est gourmande.
– Heu… pardon, seize, alors », rectifie Noé.
Et toute la classe rit.

Maîtresse Julie dessine les trois gâteaux
au tableau. Elle demande :
« Qui veut venir dessiner des parts ? »
Samir lève le doigt et va au tableau.
Il dessine cinq parts dans chaque gâteau.
« Nous allons compter ensemble les parts,
propose Maîtresse Julie.
– Un, deux, trois… quinze.
– Toujours pas de part pour moi ! »
dit Maîtresse Julie en souriant.

Réda essaie à son tour : il dessine six parts dans chaque gâteau.
« Bravo, cette fois, il y en aura une pour chacun ! »
Maîtresse Julie plante les bougies.
Sept bougies dans chaque gâteau, ça en fait beaucoup.
Toute la classe chante :
« Joyeux anniversaire, Ana,
Joyeux anniversaire, Léa,
Joyeux anniversaire, Noé,
Joyeux anniversaire ! »

Les trois enfants soufflent les bougies
en même temps, et toute la classe applaudit.
Maîtresse Julie coupe les gâteaux.
Léa, Ana et Noé surveillent en comptant.
« Il reste deux parts, c'est pour qui ?
demande Alice.
– Pour moi ? dit Maîtresse Julie en plaisantant.
– Non, c'est pour la dame de cantine
et pour la dame de ménage », propose Mia.

Maîtresse Julie dit :
« Vous allez choisir votre gâteau
en levant la main.
– Qui en veut au chocolat ? demande Noé
pour commencer la distribution.

– Mon gâteau préféré,
c'est au chocolat,
dit Selma, la bouche pleine.
Alors pour mon anniversaire,
je vais faire un gâteau géant
au chocolat ! »

Le bras cassé

Tim a des chaussures neuves.
Mais Tim ne sait pas nouer ses lacets.

Pendant la récréation,
Tim et Basil jouent à chat.
« C'est toi le chat ! » dit Basil.

Basil court.
Tim court après lui.
Maîtresse Julie dit :
« Tim, fais tes lacets, sinon tu vas tomber. »

Le lacet de Tim dépasse de sa chaussure.
Il traîne par terre.
Tim se prend les pieds dedans.
Patatras ! Tim tombe sur son bras.

Tim pleure.
Il tient son bras.
« Aïe, j'ai mal », dit-il.

Maîtresse Julie va vite voir Tim.
Elle le rassure.
Le directeur appelle les pompiers.

Tim est très courageux.
Il n'a pas peur d'aller à l'hôpital.
Il part avec le directeur
dans le camion des pompiers.
La sirène fait « pin-pon » en roulant.
Tim adore les pompiers !

À l'hôpital, le papa de Tim est déjà là.
Tim passe une radio.

« Ton os est cassé.
Je vais plâtrer ton bras pour le réparer »,
dit le médecin.

Tim a un beau plâtre,
mais il doit se reposer.
Il reste deux jours à la maison.

Tim est de retour à l'école.
Il ne doit pas faire le fou.
Basil, Réda, Samir, Noé et Téo l'entourent.
Fatou et Mia lui font un bisou.

En classe, Maîtresse Julie dit :
« Chacun peut faire un dessin
sur le plâtre de Tim. »

Tim est fier de son plâtre décoré.
Il le montre à tout le monde.

Mia et Fatou le chouchoutent.
Basil lui porte son cartable.
Maîtresse Julie l'aide à la cantine.
Tim garde son plâtre trois semaines.

Ce matin, le médecin retire le plâtre de Tim.
L'après-midi, Maîtresse Julie dit :
« Tim, ton bras est réparé, il ne faut pas le recasser. Maintenant que tu as appris à faire tes lacets, il faut bien les nouer. »

Elle demande aux CP :
« Qui ne sait pas faire ses lacets ? »
Toute la classe lève le doigt, sauf Tim, Selma et Ana. Puis elle demande :
« Qui sait faire ses lacets ? »
Tim, Selma et Ana lèvent le doigt.

L'après-midi se termine par une leçon de lacets.
Tim, Ana et Selma apprennent à leurs camarades à faire des nœuds et des boucles.

À la fin de la journée, tous les CP sont des champions des lacets bien serrés.

Les toilettes de l'école

Mia se tortille sur sa chaise.
Bob l'imite en se moquant.
« Qu'est-ce que tu as ? demande Fatou.
– J'ai envie de faire pipi », dit Mia.

Pendant la récréation,
Fatou et Mia vont aux toilettes.
Mais des grands jouent avec l'eau.

Mia et Fatou n'osent pas entrer.
Elles attendent derrière la porte.
Des grandes arrivent en courant
et les bousculent.
Elles piquent les toilettes libres.
« Oh non ! crie Fatou. C'était à nous ! »

Toutes les toilettes sont occupées.
Sauf une ! Mais la porte ne ferme pas,
car le verrou est cassé.
« Tant pis, vas-y, je te tiens la porte »,
dit Fatou à Mia.

Basil et Bob entrent pour boire.
« Hi hi, tu fais la garde-porte ? dit Bob.
– C'est qui dedans ? demande Basil.
– C'est pas vos affaires, répond Fatou.
– Y a plus de papier, dit bientôt Mia.
– Je vais en demander à Maîtresse Julie.
– Non, reste ici ! crie Mia. Ça ne ferme pas ! »

Fatou trouve un mouchoir en papier
dans sa poche et le donne à Mia.

Quand Mia et Fatou arrivent dans la cour,
ça sonne : c'est la fin de la récré.
« Pas déjà ! dit Mia.
– Zut ! dit Fatou.
– Fallait pas faire pipi ! » ricane Bob.

À la fin de la matinée,
Bob lève la main et demande :
« Je peux aller aux toilettes ?
– Non, c'est bientôt l'heure de la cantine,
tu vas attendre », dit Maîtresse Julie.
Bob boude.

Bob se tortille sur sa chaise.
Fatou donne un coup de coude à Mia.
Elle dit :
« Regarde, on va faire comme lui. »

Fatou et Mia se tortillent en imitant Bob.
« C'est pas drôle », bougonne Bob.
Fatou lui tire la langue et dit :
« Bien fait. »

Quand la sonnerie de midi retentit,
Bob saute de sa chaise
et se précipite hors de la classe.
« Il a très faim, on dirait ! dit Maîtresse Julie.
– Non, il a très envie de faire pipi ! » dit Mia.
Maîtresse Julie rit.
« Je crois que, dorénavant, il ira
aux toilettes pendant les récréations ! »

Comptine

Les saisons

Au printemps,
On s'étonne de voir les fleurs pousser.
En été,
On s'étonne de voir le soleil briller.
En automne,
On s'étonne de voir les feuilles voler.
En hiver,
On s'étonne de voir la neige tomber.

Elles sont quatre, les saisons
Printemps, été
Automne, hiver
Elles se partagent l'année
Et le temps qu'il fait.
Si tout était chamboulé
On ne saurait plus comment s'habiller !

NIVEAU 3

Je lis tout seul

La chasse aux œufs

Ce matin, Maîtresse Julie a regroupé
les tables de la classe.
« Il se passe quoi ? » demande Tim, étonné.
Selma s'écrie :
« Tu as oublié ? Les élèves de grande section
viennent visiter l'école aujourd'hui !
– Eh oui ! dit Maîtresse Julie.
Ils arrivent cet après-midi,
nous avons la matinée pour tout préparer. »

Maîtresse Julie explique :
« Ce matin, nous allons travailler en ateliers.
Nous allons décorer la classe et préparer
une grande chasse aux œufs !
Tim, tu distribues deux œufs en carton
à chacun, s'il te plaît ?
– Ben, c'est même pas des œufs en chocolat ?
C'est de la triche, se plaint Tim.
– À l'arrivée, les œufs décorés seront échangés
contre du chocolat ! reprend Maîtresse Julie.
– Ouf ! » dit Tim, rassuré.

Maîtresse Julie sort la peinture
et donne la consigne :
« Vous choisissez une couleur et un graphisme.
Chaque œuf doit être unique !
– Fond rouge avec des pois !
s'empresse de dire Selma.
– Fond rouge avec quadrillage noir ! dit Fatou.
– Fond bleu avec étoiles jaunes ! propose Léo.
– C'est bon, inutile de tous me dire votre choix,
faites-le ! » dit Maîtresse Julie en souriant.

Quand les élèves ont fini de décorer les œufs,
d'autres ateliers les attendent. Basil, Selma
et Samir font des cocottes en papier.
Téo, Bob, Ana et Léa fabriquent des mobiles.
Noé, Mia, Alice et Tim plient des lapins en origami.
Fatou, Réda, Léo et Lou préparent
des guirlandes de poules.
« On dirait une usine de Pâques ! » dit Basil.

À midi, trois voix s'élèvent en même temps
que la sonnerie.
« On a oublié le plus important ! dit Ana.
– La banderole de bienvenue ! ajoute Léa.
– Avec les prénoms des élèves
de grande section ! complète Noé.
– Oh, vous avez raison, dit Maîtresse Julie,
mais c'est déjà l'heure de déjeuner.
Vous allez juste écrire sur le tableau :
Bienvenue à la classe des grands ! »

À la cantine, les CP se rappellent leur visite
de l'école primaire.
« Je me souviens que l'année dernière
j'avais un peu peur, pas vous ? demande Mia.
– Non, moi j'étais trop content ! dit Samir.
– Moi j'ai pleuré car je ne voulais pas repartir,
je croyais que j'étais déjà passé en CP ! » dit Tim.
Tous éclatent de rire.

Après le déjeuner,
les CP cachent les faux œufs dans la cour.
Maîtresse Julie s'amuse autant que ses élèves.
Elle donne des idées à ceux qui ne trouvent pas
de cachette : dans le tronc, sous le banc,
sur le rebord de la fenêtre…

Les CP finissent juste au moment
où la classe de grande section arrive !
« Ouf, on a eu chaud ! » dit Téo.

Après les présentations,
Maîtresse Julie demande à ses élèves
de raconter ce qu'ils font en CP.
« On calcule, on fait des additions
et des multiplications, dit Réda.
– On apprend à lire et à écrire ! » complète Mia.

Tim a mis son cartable sens dessus dessous.
Il secoue soudain un cahier en s'écriant :
« On apprend des poèmes et des chants !
– On s'amuse quand ?
demande un élève inquiet.
– Pendant les récrés ! » s'écrient tous les CP.

Les CP sont très fiers d'être le parrain
ou la marraine d'un élève de grande section.
Tous donnent la main à leur petit protégé
pour la visite de l'école.
« Ici, c'est les toilettes, annonce Lou.
– Oh, il y a des portes, c'est bien !
dit une petite fille.
– Et voici la cantine, poursuit Téo.
– J'ai l'impression d'être une maîtresse »,
rigole Basil.

Une fois dans la cour de récréation,
la chasse aux œufs peut commencer.
Chaque duo tire au sort un papier
pour savoir ce qu'il doit chercher.
Selma lit :
« Un œuf à pois noirs et un œuf à rayures rouges.
– J'ai trouvé ! s'écrie l'enfant de grande section
en ramassant un œuf à rayures jaunes.
– Non, ce n'est pas la bonne couleur,
repose-le ! » lui dit Selma.

Lou a perdu son petit protégé.
Elle le retrouve dans un coin
de la cour, assis par terre.
« Pourquoi tu boudes ? demande Lou.
– C'est pas des œufs en chocolat, dit Jules, déçu.
– Je sais, mais il faut d'abord trouver les œufs
décorés, lui explique Lou. Ensuite, Maîtresse Julie
va les échanger contre des œufs en chocolat. »

Rassuré, le petit se lève et part comme une fusée.
« Hé, attends-moi ! » crie Lou.

Une fois la récolte terminée,
les enfants retournent en classe.
« Bravo, vous avez tout trouvé ! »
disent les maîtresses en distribuant
une pochette d'œufs en chocolat à chacun.
Après les cris, les youpi et les mercis,
les élèves goûtent tous ensemble.

Pour finir, les CP font la lecture à leurs invités.
Ils choisissent un album
et lisent chacun une page.
Les élèves de grande section
écoutent sans bruit,
admiratifs.
« Je veux être en CP
pour lire comme Fatou ! »
s'écrie un petit garçon.

Au moment de partir,
les élèves de maternelle sont mécontents.
« Oh non, pas déjà ! dit un enfant en boudant.
– On peut revenir demain ? demande un autre.
– Je veux rester avec toi ! dit Jules à Lou.
– Bravo les CP, vous vous êtes très bien occupés de vos invités, je suis fière de vous »,
félicite Maîtresse Julie.

Au centre aéré

Dans la cuisine, Noé, Léa et Ana tournent autour de Papa.

« On peut y aller ? demande Léa.

– Dis oui ! supplie Noé.

– S'il te plaît ! » ajoute Ana.

Papa demande, étonné :

« Mais pourquoi vous voulez y aller ?

– C'est trop bien !

– Alice y va !

– Réda aussi !

– Nous verrons ! répond Papa. Avant de dire oui, nous allons demander à Maman son avis. »

« Alors comme ça vous voulez aller au centre aéré ? demande Maman.

– Oui ! crient les triplés.

– Et pourquoi ? demande Maman.

– Parfois, on s'ennuie le mercredi ! dit Léa.

– Au centre aéré, il y a des activités ! dit Ana.

– Et aussi nos copains ! » dit Noé.

« Être trois ne vous suffit pas ? s'étonne Papa.
– Non ! » crient les trois d'une seule voix.
Maman accepte en riant :
« C'est bon, nous verrons mercredi prochain ! »

Le mercredi suivant, Léa, Ana et Noé s'habillent en cinq minutes.
Ils prennent le petit déjeuner à toute vitesse et sont les premiers devant la porte d'entrée.
Maman n'en revient pas. Elle dit :
« Si ça pouvait être comme cela tous les matins, ce serait bien ! »

Pendant que Maman parle avec Farid,
un des animateurs, Ana, Léa
et Noé rejoignent Réda et Alice.
« C'est drôle, on est à l'école
mais il n'y a pas la maîtresse ! dit Ana à Alice.
– Et on est mélangés avec les grands
et les élèves d'autres écoles ! »
dit Noé à Réda.

Lorsque tous les enfants sont arrivés,
les animateurs les rassemblent.
Farid dit :
« Aujourd'hui, nous allons réaliser
une grande fresque.
– Avec les feutres ou les crayons ?
demande un enfant.
– À la peinture et de toutes les couleurs !
répond Isa, l'animatrice. Il faudra d'abord
peindre le fond au rouleau.
– C'est une fresque de quoi ? demande Réda.
– Une fresque des saisons, dit Farid.
– Alors il faudra dessiner des fleurs, dit Léa.
– Et des arbres ! ajoute Ana.
– Et des oiseaux ! » finit Noé.

Les enfants ont tous enfilé un tablier.
« Tu peux t'asseoir où tu veux ! » dit Réda à Noé.
Noé est tout content d'être avec des plus grands.
Ensemble, ils peignent des oiseaux,
qu'ils découperont ensuite pour les coller
sur la fresque.

Farid peint un grand arbre au début de la fresque.
Léa, Ana et Alice veulent faire comme lui.
Ensemble, elles peignent un arbre encore
plus grand à l'autre bout de la fresque.
« Bravo les filles, il est même plus beau
que le mien ! » les félicite Farid.
Toutes les trois sont fières du compliment.

Noé en a assez de peindre.
« On peut arrêter pour jouer tous les deux ? » demande Noé à Réda.
Mais Réda est très occupé à peindre avec son copain Louis. Il répond :
« Non, je n'ai pas envie, je préfère continuer. »
Noé est vexé. Il réalise que Réda a un autre copain au centre aéré et cela le rend un peu jaloux.

À la cantine, Noé est surpris en voyant arriver un plat de chou-fleur. Il s'écrie :

« On ne mange pas des frites et du steak haché ?

– Ben non ! répond Réda.

– Dommage ! souffle Noé.

– Moi j'aime tout ! dit Louis, la bouche déjà pleine.

– Comme moi ! » ajoute Réda en donnant un coup d'épaule à Louis.

Ce qui énerve Noé.

Au dessert, il y a des pommes.
Les triplés se regardent et font la grimace.
« C'est mieux chez nous ! dit Léa.
– Je préfère les repas du mercredi
à la maison ! ajoute Ana.
– Moi aussi », dit Noé.

Après le déjeuner, les enfants jouent
un moment dans la cour.
Noé et Réda prennent un ballon.
Ana fait la course avec deux grands.
Alice et Léa préfèrent s'installer
sur un banc et rigoler.

En début d'après-midi,
le papa de Réda vient le chercher.
« Tu pars déjà ? dit Noé, étonné.
– Oui, je ne reste jamais tout l'après-midi,
explique Réda, j'ai musique. On se voit demain !
– Oui, à demain », répond Noé, déçu.

Farid propose :
« Finissons la fresque !
Voici des feutres brillants pour dessiner !
– Des feutres qui brillent, j'adore ! dit Alice.
– Moi aussi ! » disent Ana et Léa.
Alice, Léa et Ana continuent de décorer la fresque. Noé n'a pas envie de participer, il préfère les regarder.
Sans son copain, il trouve le temps long.
Il aimerait rentrer chez lui.

Lorsque la maman des triplés arrive,
Noé sort le premier.
« Alors, c'était bien cette journée ?
demande Maman.
– Oui ! dit Ana.
– Super ! dit Léa.
– Mouais, ça va ! dit Noé.
– Vous voulez y retourner mercredi prochain ?
– C'est pas la peine, la fresque est finie ! dit Ana.
– On ne va pas y aller tous les mercredis ! dit Léa.
– Je préfère rester à la maison avec toi ! dit Noé.
– Je vois ! » dit Maman en riant.

La fête de l'école

Demain, c'est la fête de l'école.
La classe est sens dessus dessous.
Il y a du bazar partout.
Les élèves sont tout contents et très occupés.
Maîtresse Julie dit aux enfants :
« Pas de panique, nous avons
toute la journée pour être prêts.
C'est un défi, mais nous allons y arriver.
Je vous le promets ! »

« Venez m'aider à peindre le décor »,
dit Basil en tendant des pinceaux
à Réda et Samir.

Mia s'applique,
elle suspend les costumes
sur une tringle à roulettes.
Téo compte et recompte les accessoires,
mais il ne tombe jamais sur le même nombre.

Tim, la tête dans la gueule du dragon,
se dirige vers ses camarades et crie :
« Je vais cracher des flammes
pour vous brûler les fesses. »

Noé, dans le corps du dragon,
a du mal à avancer.
Il se cogne aux tables.
Il crie d'une voix un peu étouffée :
« Aïe ! Moins vite, Tim,
je ne vois rien, moi, là-dedans ! »

Maîtresse Julie lance la grande opération
« aménagement de la classe » !
On se croirait dans une ruche.
Les uns déplacent les tables en criant :
« Ho ! Hisse ! »
Les autres installent les chaises en chantant :
« Ho ! Hisse ! »

Après un grand méli-mélo,
comme par enchantement, tout est en place.

À présent, la classe ressemble
à une vraie salle de spectacle.
Il y a même une estrade.
Assise sur une chaise,
Maîtresse Julie a l'air très fatiguée.
Elle se reprend et dit :
« Répétition générale, tous à vos postes. »

Basil s'habille en chevalier,
pendant que Léa, Ana, Lou, Alice,
Fatou et Selma enfilent leur costume.

Réda et Léo installent
le décor du château.

Samir, déguisé en arbre,
agite ses branches
pour faire rire ses camarades.

Mia, perchée sur une chaise,
sort sa tête par la fenêtre de la tour.

Noé et Tim, en dragon,
font les cent pas devant le château.

D'habitude, Basil est toujours sûr de lui,
mais pour la scène finale, il a le trac.
Maîtresse Julie lui souffle,
car il a un trou de mémoire.
Comme Alice et Lou ricanent,
Maîtresse Julie leur dit :
« On ne se moque pas, les filles,
ce n'est pas gentil ! »

Pour finir la journée, la moitié de la classe
écrit et décore les invitations,
l'autre moitié dessine les affiches.
Maîtresse Julie aide tout le monde.
Les CP sont si concentrés,
qu'ils sont surpris par la sonnerie.

invitation
invitation
invitation
invitation
invitation
invitation

À la sortie de la classe, les parents
et les enfants ne parlent que du spectacle.
L'excitation monte.
C'est une grande première.
Tout le monde est impatient.

Le lendemain, c'est le grand jour !
Les élèves sont tous sur scène,
chacun à sa place.
Ils s'entraînent à jouer les statues,
car ils ne devront pas bouger,
quand les parents vont s'installer.

« Ce n'est pas un vrai théâtre,
il n'y a pas de rideaux pour vous cacher.
À trois, vous êtes des statues !
Un, deux, trois ! » dit Maîtresse Julie.

Pendant ce temps, les parents attendent
devant la porte de la classe.
Ils ont hâte d'assister au spectacle.
À l'entrée, Téo, déguisé en fou du roi,
les accueille.
« Entrez, les parents, installez-vous,
le spectacle va commencer. »

La classe est pleine !
Les parents sont excités comme des enfants.
Maîtresse Julie les rappelle à l'ordre :
« Silence, s'il vous plaît,
le spectacle va commencer.
Merci d'éteindre vos téléphones portables.
Vos enfants vont jouer une pièce de théâtre. »

Téo reprend la parole :
« Le titre de la pièce est :
Le chevalier, les princesses
et le dragon. »

À la fin du spectacle,
les parents se lèvent et applaudissent.
Les enfants saluent encore et encore.

« C'est une réussite ! Bravo ! Bravo ! »
crient les parents fièrement.

« Et maintenant, régalons-nous ! »
crie Téo, le fou du roi.

Pour l'occasion, un papa pâtissier a fait
un gâteau « château fort » en chocolat.
Avec tous les préparatifs,
Maîtresse Julie a oublié les couverts.
« Mangeons comme au Moyen Âge :
avec les doigts ! » dit-elle en riant.

Basil donne le signal :
« À l'attaque du château gâteau ! »
Et les CP et leurs parents donnent l'assaut.

Dico-mots

Le nouveau

carte 

à côté 

gendarme 

voleur 

jeu 

coude 

Journée à la ferme

ferme 

fermier 

lait 

laine 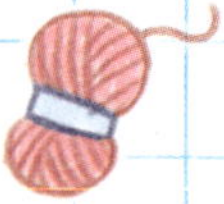

mare 

champ 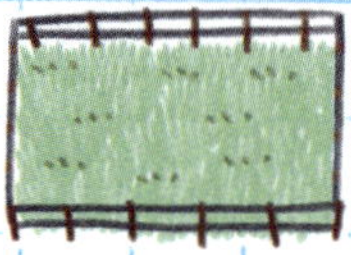

épouvantail 

Jaloux !

coiffeur 

cheveux 

cartable 

sac à dos 

portail 

part de tarte 

Noël à l'école

calendrier de l'avent 

grelot 

flocon 

Père Noël 

renne 

bûche 

cadeau